江清
月近人

王杰昌 · · · 著

山东教育出版社·济南·

图书在版编目（CIP）数据

江清月近人 / 王杰昌著 . — 济南：山东教育出版社，2022.7
ISBN 978-7-5701-2245-5

Ⅰ . ①江… Ⅱ . ①王… Ⅲ . ①诗集－中国－当代 Ⅳ . ①I227

中国版本图书馆CIP数据核字（2022）第131120号

JIANG QING YUE JIN REN

江清月近人

主管单位：山东出版传媒股份有限公司
出版发行：山东教育出版社
　　　　　地址：济南市市中区二环南路2066号4区1号　　　邮编：250003
　　　　　电话：0531-82092660　　网址：www.sjs.com.cn
印　　刷：山东临沂新华印刷物流集团有限责任公司
版　　次：2022年7月第1版
印　　次：2022年7月第1次印刷
开　　本：135毫米×212毫米　1/32
印　　张：8
字　　数：121千
定　　价：49.80元

（如印装质量有问题，请与印刷厂联系调换）印厂电话：0539-2925659

江清
月近人

王杰昌

　　山东安丘人，山东师范大学中文系毕业，山东广播电视台高级编辑。

　　《领导干部的楷模孔繁森》《正人先正己——济南交警塑造新形象》《千古绝唱——洛庄汉墓出土乐器鉴定》等作品获中国新闻奖。

　　诗歌、散文作品散见于各报纸、杂志。与戚建波、王丽达合作"齐鲁最美人物发布厅"主题歌《好人好运》，与李云涛合作"抗疫"歌曲《我期待》等。

心在醉处听山水

（代自序）

1991 年 5 月，《山东师大报》编辑部主任孙景浩老师邀请孔孚先生为山东师范大学爱好诗歌的同学开了个讲座，讲座的题目我忘记了，但文史楼二层的历史系电教室被围得水泄不通的场景，至今历历在目。

那时，我在报社做文艺副刊《桃李林》的编辑，1990 年 4 月 25 日，《山东师大报》头版头条发了一条消息：《中国诗歌界名流云集曲阜城——孔孚故乡研讨孔诗》，主任安排我为孔孚先生做一个专访。从此，我与先生结缘并成为先生所说的"忘形交"。

孔孚先生于 1925 年 4 月 1 日出生，大我 40 岁，却称我老弟，这使我惶恐了好一阵子。之后，我因年少轻狂不更事，也就放肆地和先生"探讨"起诗来。一有空闲，我便去先生处磨蹭，听他讲"远龙之扣"、艺术之"减"。

每当先生新书出版，我总是厚着脸皮去讨要，而先生也总是用左手工整地书"杰昌棣惠正"赠我。《山水灵音》《孔孚山水》《孔孚集》一直在书房里陪着我。诗集在，先生就一直在。

《孔孚集》出版前夕，先生喊我去他家里，先生本少言，那天却幸福得如同孩子。他说："终于选完了，巧合巧合，整三百首。"我说："诗三百，一言以蔽之，扣远龙。"他，大笑。《孔孚集》是先生举其毕生创作的精华，他内心是想要其成为传世之作的。

1996年春节过后，孔孚先生打电话找我，这时我已离开学校去电视台工作。记得是一个晚上，我到先生家里，先生家里的龟背竹非常旺盛，发的新芽占了半间卧室。进屋，墨香沁人。先生的床上，一卷卷的宣纸整齐有序。先生一张张铺展开来，瞬间感觉一股强大的气流把我击中，人站在原地，却又好像退后了几米，仿佛另一个寥廓宇宙，满天星斗立于前，又似飘风涌泉，尺幅之内将磅礴万物归于一。先生说，看，这些都是六尺的长宣，这样的纸现在很难淘到了。知道先生的书法出神入化，但不知道先生一个月写了这么多的作品。先生说："我准备办一个书展。"我明白了先生此次找我来的用意，我说："老师，您创作的巅峰到来了，您尽管放心写，办展的事完全不用您操心。"后来先生的书展由《大众日报》和山东师范大学联合主办，我想，这也是先生期盼的最完美的事了。

先生讨厌书法中的"法"字，以至于1996年5月在山东美术馆举办的孔孚书展上，好多人纳闷，孔孚先生的书呢，在哪里买。展览过后，先生送我一幅字：江清月近人。我以此作为书名，作为对先生永久的怀念。当时，先生送我的时候，我心里还稍稍有些埋怨，这么小一幅。现在想来无地自容，我误读了先生的良苦。江清月近人，多么难得的清洁。这或许是先生给我的画像，或许是先生期望我做一个这样的人，或许诗人怀着愁心，在这广袤而宁静的宇宙之中，经过一番上下求索，终于发现了还有一轮孤月和他如此亲近！寂寞的愁心似乎寻得了慰藉。

孔孚先生给我讲过他和钱钟书关于润笔费的故事，这是传遍文坛的佳话；先生也给我改过文稿，可

惜手稿让我弄丢了；先生还给我讲起他在红叶谷采风创作的心历，并嘱咐过我看看他写的散文。先生的品德和美学思想深深地影响了我，从职场到人生。只是我既无才情又不用功，辜负了先生。好在许多朋友们鼓励我把这几年写的东西印出来，权作对先生不及格的缅怀。

我与孔孚先生春天相识。先生送我第一本诗集《山水灵音》题签是"赠杰昌　孔孚　90.4.28日"，第二本《孔孚山水》题签是"杰昌老棣正之　孔孚　91.3.28日"，最后一本《孔孚集》题签是"杰昌弟惠正　孔孚　96.4.20"，孔孚先生于1997年4月27日仙逝。

岁岁有春，今又春来。冥冥之中，先生的诗意、诗情、诗骨就是永远的春天。

是为自序。

2022年4月27日

目 录

想把春天写大些

关于雨和夜的一些事

母亲二十年祭

江清月近人

雨是我的爱情

想把春天写大些

想把春天写大些

从泰山一路东行，寻找日出

雄鸡的叫声明显亮了

有玩伴的狗开始追逐

没有玩伴的开始追逐自己的尾巴

地平线、太阳、麦苗和树在一起

我感觉春天好大，好大

春天好大

站台上的裙子也多起来

白色的，格格的

杨柳依依般重逢

我想起院子里一株白玉兰

想起黄河源头冰雪的融化

想把春天写大些

可到底她就是一片雪花寄来的

一株花芽的耳鬓厮磨

甚至是一棵野草的复活

从泰山到黄海

看岸边的春天

沿海的裙角

你逐渐柔软的表情

像三月消融的冰

流成汩汩的河

2022 年 2 月 28 日

雪和春天还没爱够

雨水转身而去

在山坳木瓜值守的站点

把无人认领的包裹

一片片地

快递给黑夜

黑夜掌孤星半盏

一片片地读

在收件人的地址下

读一句

雪和春天还没爱够

雨走在高速上

趁风还有些高度，

你去海里洗帆吧。

我，

要在静脉曲张的山间，

把心事，

一件一件洗出来。

照这个天气走下去，

海早晚会变成你的泳池。

而我的心事，

会随着山倒下去。

那时的我，

也就以海作盏，

把高度的风，

一饮而尽。

佛慧山的苦楝子

今夜，

雾起了画意，

涂鸦世间。

路，

到处是墙。

雾，

把光挤进山谷。

我去抓她的那刻，

摔得粉身碎骨。

我的颅撞上一棵苦楝子。

苦楝子，

我是你的前世。

不同的是，

你的苦可见。

而我的，

埋在雾里。

三只抑郁的鸟

穿过竹林，
滤掉谎言，
风绿油油的。

是的，风夹杂着谎言、沙尘和匕首，
所以，有些风声不但冰冷而且横行。

什么时候，我们成了这样的风，
至少是风的推手和同谋，
向我们的父母售卖。

我比鸟胆小多了，
害怕这样的风。
在竹林深处筑一个巢，
等待绿油油的救赎。

但是我在风的背面，

看到了一只求偶的鸟，

还有一只分手的鸟，

和一只自言自语的鸟，

我知道他们也抑郁了，

并且知道了抑郁的来源。

咨询师问，你感觉它是孤独？

我说，也可以是自由。

飞的时候，翅膀会痛，

尤其是他把夜晚背在身上。

2022 年 3 月 11 日

这么美，那么好

雀从一枝跃到一枝

梳梳翅膀

这么美，那么好

云和天空捉迷藏

一会儿披霓裳，一会儿射天狼

这么美，那么好

浪花与沙嬉戏

一会儿胸前，一会儿手上

这么美，那么好

东山牵着南山

你起我伏

这么美，那么好

溪唱着歌

挠挠水草

这么美，那么好

蜜蜂吻到花

花敞开门

这么美，那么好

石榴摇着头

摇落一地火苗

这么美，那么好

韭菜老了

蒲公英纷纷来到

这么美，那么好

我的田园犬舔着她的孩子

孩子还没睁眼

这么美，那么好

我的二郎腿放在晨光里

我在摇椅上

这么美，那么好

我把自己火化

我看见我变成了一缕烟

可以组合成任何我想要的形状

这么美，那么好

我死了三天

埋在石榴树下

还是石榴裙下

还没想好

蟋蟀

和一只被遗弃的蟋蟀说着衰草不胜酒力随风倒下的事，
说着前夕它的爱人热浪滚滚满天情语偕繁星嬉戏的事，
断断续续地呢喃或啜泣，
一半在窗外一半在梦里。

我知道窗外雨来了，
呢喃和啜泣的起伏是雨的呼吸。
我也知道雨打湿我的梦了，
我本来是风干在沙漠里蜷缩成一团的淤血，
雨声轻唤，
把我举成一团火。

我知道雨凌晨一点就来了，
断断续续地呢喃或啜泣，
一半在窗外一半在梦里。
早上起来我在浆果上找到了 TA 的泪痕，
找到冲淡了我的梦的颜色。

燕　子

我想
有一双燕子的眼睛
看人间的光景

我想
长两只燕子的翅膀
听云隙的风

噢，燕子
我注定敲不开你的门
你只用尾巴
就剪碎了天际线
飞鸟集就扑落扑落地
散落远方

闪 电

（一）

这天与地

爱有多深

要把黑夜撕碎

（二）

夜晚

你该有多么的痛

才滚来滚去地

大哭一场

（三）

站在黑夜的深处

击穿黎明

站在昨日的终点

炸开明天

站在天地的两端

剪裁人间

办公室飞来一粒种子

你是踮着脚尖进来的吧。

没有咚咚咚的敲门声，

窗子被阳光打开，

你应该是站在阳光身上，

从南方或者是只有妈妈知道的地方飞来。

高铁上没有你的座，

你的旅途一定很艰辛。

抑或是你迷失了，

你的归宿。

城市应该不是你家，

你的家应该处处有花；

你的情人应该也会飞，

并且会给你唱婉转悠扬的歌。

你也真是的，

粘贴着，楚楚地粘贴着，

光都要刺穿我的心脏了，

我就当你是先祖的使者，

是从前和以后对话的桥。

就当你是进来歇歇脚，

我也无能给你一滴水，

我甚至都不敢也不舍得触碰你，

我无力养活你啊。

我贫瘠的家没有了河流，

滚滚的车流只会使你天旋地转。

我都想跟你走，

去只有你我知道的地方。

那儿有唱着婉转的歌的邻居，

有能窜出脚趾缝的泥土，

有含羞草低首浅笑，

有牵牛花顶着露珠。

这是种子的梦，

还是梦的种子？

迎着光走去，

一个绿芽，

正沿着春天，

走来。

2015 年 2 月 1 日

秋，熟了

秋，熟了。

站在坡里，我五脏六腑都充盈着

秋的味道。

栗子、谷子、柿子，

统称为果子的这些东西，

包括叶子，

它们粉碎了自己混合而成的

秋的味道，

也粉碎了我，

从头到脚。

我的头粉碎了。

粉末在光线上舞着，

我的头瞬间有了七种颜色，

在一座桥上，

然后在一张床上，

滚来滚去。

这很像喝了一种叫"七彩虹"的鸡尾酒，

很像梦中的飞翔。

我的脚粉碎了。

脚趾在大地上飞奔，

我的脚瞬间有了温度，

在一个盆里，

然后在一泓泉里，

翻来翻去。

这很像浸在一种叫中药足疗的木桶里，

很像海滩上的波浪。

站在坡里，

从头到脚，

秋的味道把我埋葬。

在我死的那刻，

我拷问柿子，

我拷问玉米，

拷问一切果实，

和她们小时候还是骨朵的同时，

拷问大地：

春天的那根小苗，

夏天的那粒小米，

青涩和羞涩，

都去了哪里？

没有回声。

大地没有回声。

奔腾了一个春季一个夏季一个秋季的大地，

今天把色香的开关打开了：

深红的、浅黄的、淡紫的，

奶香的、酸辣的、酥甜的，

色香由远及近，由近及远，

突破你的五官。

秋，熟了。

我醉倒了，

倒在窒息的秋香里，

倒在凝固的秋色里，

倒在大地的怀里。

大地静默。

我闭上眼，

一束光映红了整个大地。

大地静默。

秋熟了，

阳光以抚摸的方式，

阳光以七彩的方式。

秋熟了，

大地以产床的方式，

大地以画布的方式。

秋熟了，

父辈以汗珠的方式，

父辈以弯曲的方式。

秋熟了。

草原的春分

草原说：风把雨吹弯了。

大地说：光把春梳开了。

这样说着，

光阴就给春分扎了俩小辫。

一棵老杏树

杏树老了，
皱纹从头到脚。
还生了这么多孩子，
一根发梢上抱着，
兄妹六个。

乳汁够吗，
乳房明显下垂。
怪心痛的。

明天就好起来了，
儿女们会涂上腮红，
踩着布谷鸟的长调，
展一场甜蜜的时装秀。

端午的伤疤

汨罗河需要翻译了，
端午去了外地。

粽子，
幻化为一名外科大夫。
剥开包皮，
一个个疮疤露出来。

杞国的火烧云

我巴不得趴下，

用胸膛和头颅亲吻这方土地，

她不仅仅长满了弟弟的果实。

归巢的燕子告诉你，

滚烫的沙子告诉你的脚丫子，

紫叶李和葱叶子，

包括夹着鸡叫和羊粪蛋的空气，

向你爆炒家的信息。

我巴不得趴下，

这方泥土如此踏实。

我奔跑在她厚重的背上，

从深处传来她咚咚的心跳声。

我的父，我的父的父，

他们的血染红了花，

他们的汗浇肥了果，

他们的背驮着这方泥土呢。

我必须趴下，

用头颅去亲吻，

哪怕蒺藜疯狂。

不信，你看：

火把在此刻已经点燃，

烧红了半个天空。

即 景

春天，

是大地办喜事的日子。

酒席，

漫山遍野，

天天把蜜蜂喝得，

醉醉的。

致骨朵

听见了。

有些心事，

昨夜风给窗说的。

听见了。

有些心事，

今晨露给叶说的。

你的心事，

其实只有咱俩知道。

蜜蜂甜甜地，

偷走了你的梦。

我何尝不想。

我也想钻进你芯里，

你肯定也听见了。

紫叶李说与云

就该是一见钟情的季候，

每一朵眼神，

都波涛汹涌。

都怨阳光。

怨她散了线梭，

把骨朵的扣子解开。

易安居边百脉泉

翡冷翠是片冷翡翠，

这是根深蒂固的事。

这个事怨徐志摩，

也怨我第一眼看到那一夜，

就看成了翡翠。

冷翡翠的一夜岂不更好，

冷得光芒四射。

你就是流动的翡翠，

是金石的脊。

一圈圈地，

一层层地，

浸湿后序。

翡翠冷的一夜，

吹箫人去玉楼空，

凭栏处，
你拍打青石板的声声慢，
却下了眉头上了心头。

冷翡翠的一夜，
肠断与你同倚。
一枝折得，
人间天上，
天下人堪寄。

蛩声漏声行香子，
新愁旧愁凤凰台。
楼前流水，
被相机手机取走。
何曾念，
那千年凝眸。

如约而至的骨朵——致桂花

注定与风纠缠，

把今天一句一句说给雪人听，

雪人鼻子酸酸的眼睛红红的；

注定与风纠缠，

把日月翻炒了一个夏天，

收割完阳光，便把露酿成酒。

夜拉上幕帘，

路人，

匆匆地怎知，

你煎熬了几场暴雨，

提炼了多少秋浓，

——为了如约而至的今天。

今天，

风不经意翻开你的日记，

故事就散落在我的院落里，

每一块青石板都着上色，
像刚沐浴完的样子。

我想了好久了，
再当你熬雪顶霜，
或栉风沐雨的时候，
我去做一片老叶子。

2020 年 9 月 17 日

月亮的背面

我依在桂树的臂弯里看你
我知道你在月亮的背面
背面才是东方
东方的酒窝在月上
透过光喝醉了我

我依在桂树的怀里想你
桂花的香越浓
我越想用尽力气
把眼前黑色的山峦
凿穿

大 雪

小雪那天

雪刚刚发芽

还是团雾

在高架上吃力地攀爬

一团推着一团吃力地攀

去山上找一把开门的钥匙

那个时候

天气只预报出雪的轮廓

掩埋了开门的手指

小雪是怎样出走的

雾团又是怎样下山的

大雪带一把剪刀

把月剪掉一半

断了的光停留在半空

才发现路已被走得愁肠百结

雪花的来信

如果没有风，

你是多么的安静。

就像昨天晚上，

安静地展开，

给我读你身上的文字。

你说你害怕风，

风是骗子。

我从你折断的一角里读到了，

你支离破碎的银河，

你遍体鳞伤的云朵，

你的归途被风吹得晕头转向。

我想捧着你，

你是多么的安静。

我捧着你的时候，

你就尽情地把艰辛的旅途，

化作我手心的泪水；

我想吻着你，

你是多么的安静。

我吻着你的时候，

伤寒的日子，

就会在我唇边消融。

你是多么的安静。

没有风了，

由着你的性子，

舞吧。

我已读懂你身上的文字，

你身上的文字一闪一闪地，

为人间写下祝福。

由着你的性子，

舞吧。

没有风了，

大地已伸出双手，
接你回家。

不必再读懂你身上的文字了，
我已经触摸到你冰冷外表掩盖着的，
一颗火热的心。
没有人在意你身上的文字了，
你已经开始在大地上，
画眼描眉。

牡丹花芽上的雨露

是春的眼睛

依在冬的末梢

凝望春

慢慢从冬的怀里

滚落

慢慢打开春的窗

春的眼泪

流下来

清晨的海棠花

你的心跳

被阳光听见了

人间

开一枝芭蕾

牡丹的童年

怎忍心打扰你，
嬉戏的笑声。
塞上耳机，
反而听到了你的细节。

怎忍心打扰你，
欲放的心情。
闭上眼睛，
反而看到了你的花蕊。

等等，
等等，
等聚合之时，
你再一瓣瓣地开。
那时，
以谷雨为酒，
痛饮，痛饮。

雪一样的清泉

两声惊雷
一夜细雨
唤醒了
你雪一样的
清泉

雪一样的清泉
在我血液里循环
生命于是如海
碧波荡漾
我情愿
随波逐流
做海胸怀里的一朵浪花
雪一样的清泉
是天上来的
就是高尚的

毋庸置疑

香魂从海拔的最高处

一泻千里

万花丛中

我轻轻地用舌尖找到你

用汗水找到我自己

致节气，谷雨

我记错日子了，
谷雨来临，
月亮赶着夜路，
天蒙蒙亮时，
才爬上山的一角。

其实呢，
何必等她，
何必挂她于窗前。
她走再远的路，
都挂在我心头。

所以，
我和月亮拉着勾，
永远以天旋地转的方式，
撕开时间和距离，
撕开一条口子。

草原滑雪肖像

用时间写幅画

展厅一望无际

惊蛰，惊鸿一瞥

张校友，地理学教授。昨天命题：把最近打摆子的天气写一首。

我曾败于一次撸串时他讲的五代十国史，这么多皇帝，他记得门清。我想，要是打麻将，他也是个狠角。当然，骑电动车违章，他也是创了纪录的，一次八项，不是八项注意，是八项违章，罚单反面都被写满了。理工男，文艺起来是带着科学基因的。

虽然明白但纳闷，"打摆子"是什么？一查，原来是"疟疾"。

> 有些预兆。
> 气团逆时针蹂躏元宵的腹部，
> 台风还在远古，
> 伤疤在丹桂和流苏的连接处，
> 绿洲无精打采，
> 邻居家的女贞也枯萎了。

我知道提一束阳光前来，

透不过爱的封锁线。

掠夺艳阳的风来了。

惊蛰的头像，

褶皱万里。

我是杞国的后人，

在乌云的正面，

惦记乌云背面背景里的白云；

在气团的边缘，

惦记太平洋洋面上的一叶舟。

谁都怀念雨水的清晨，

抚摸着刚刚发育的春初，

鸟儿与枝条嬉戏。

看海棠醒来的样子，

雷声应该是出发了，

花苞，站点般密密麻麻隆起，

等待他滚滚而过，

把她炸开成大地锦簇。

这是我想象的惊蛰的样子，

蚂蚁们的行李整整齐齐，

等待一个可以搬家的雨季。

前进好了，

头像，褶皱也好，断裂也好，

惊蛰，雨夹雪也好，打摆子也好，

春雷已经在路上。

季节的纤夫

天又高又远

海又远又蓝

新绿在柿子枝头

修一捺津渡

把我写进黄昏

一肩云

我是季节的纤夫

岸边挤满了送别的蜜蜂

胭脂用尽

下起桃花雨

是追随飞鸟归巢

还是做一把油纸伞的伞骨

陪蜜蜂唱一曲葬花吟

船，鸣的一声启航

大鱼伴奏

在梦境的缝隙里游过

描写一棵树

这棵树不神奇，

他八岁和我相识，

相处七年，

每年都给我惊喜，不是因为花，

但是所有的培养都是为了花。

花是高潮，

只持续一周。

可是，我和他的对话，

是从冬天开始的。

这注定是一篇长篇抒情诗，

拍到你每年不一样的样子，

搔首弄姿不是你的本质，

花枝招展怨风还是怨你？

何必怨恨，

当我想到此，

我就耻笑我自己，

我夸大了我自己的多情。

实际上，可能是个误会，

根扎下去，

你不浇，它也不会枯萎。

我实际上就是一棵树的影子，

喜欢粪土，可为粪土，

把我埋葬在喜欢我的树下。

泥土的体香

泥土的体香是雨水沐浴的

花只是捧出一部分

酿了酒

一只猫

我们在喝酒，

席间说些生意经，

顺便撩骚。

一只猫端坐沙发乜斜着眼。

人间，

被一只猫看穿。

我要和你谈谈

立夏，

我要和你谈谈，

不灭的鬼怪与神论，

人间的烟火与车窗，

四月的种植，

两场发芽的雨，

和春天离别后留下的，

四月的片尾。

我要和你谈谈，

春夏交接时，风的回头，

流星的别离，

一场马拉松，

万里之外划伤的舞，

凋零的牡丹和流苏，

五月的第四个黄昏，

和一场恋爱。

我的确问过太阳，

是否有冷的时候，

和孤独。

问过 TA 到底是为了什么，

把自己烧得生疼。

也问过这个坑坑洼洼的星球，

TA 的家和旅途，

晚上的时候，

月亮和 TA 说些什么。

我问过月亮了，

TA 说，

孤独的时候，

就看一眼人间。

荷　叶

（一）

见证爱情的

往往是雨季

大街上流行伞的故事

以身为伞

如你

（二）

分人间一半

倒影夏天

蛙子安逸

莲子饱满

月　亮

（一）

那少年的相思

落了升，升了落

一直挂到暮年

（二）

你在远方饮桂花酒

一扇窗

在等你说晚安

流浪的芒种

在童年里翻滚的麦浪

在茅盾的文字里翻滚的麦浪

每年的芒种都掀一次海啸

那青青黄黄

捧不住的麦香

酝酿夏至

酝酿夏至
酝酿蛙声一片

酝酿夏天的高潮
大汗淋漓
约会江河

我在青蛙的庞大乐队里
抽出一个主题
浪漫和悲情回旋

猜想维瓦尔第健在
鹅毛笔蘸着夏天
睡去

夜晚是一把灵魂的伞

唱了一下午歌的鸟，

睡了。

翅膀底下的孩子们，

正在做一个飞翔的梦。

夜晚是一把灵魂的伞，

星落蛙鸣，

在你的上方波光粼粼，

就愈发同情起人造的马达，

在人间轰鸣。

燕子，请你驻下来

下午，家里来了两只燕子，盘旋着，一遍一遍，久久不离去，好像为筑巢选址……

驻下来吧，
心室腾空也打扫干净了。

就如我驻进你体内，
带我飞翔到时间的尽头。
翅膀每煽动一下，
都掀翻了海。

驻下来，
筑一个薰衣草的巢，
翅膀是紫色的，
风也是，
我愿意是这样的风，

梳理着你的翅膀。

驻下来，
造一座房子，
紫色的。
我知道这需要泥，
我灵魂擢得泥在大地上，
味道经久不息。

你不驻下来，
我的心房就一直空着。

关于雨和夜的一些事

关于雨和夜的一些事（外一首）

雨，

一圈圈把我捆绑，

在夜的屠宰床上，

掏空五脏六腑。

我听见门外的野猫，

商量着摆好了酒。

清蒸还是红烧已经不重要了，

秋风的工事越来越紧。

雨把山上的树都绑在一起了，

我的一段愁肠仰在山下，

等待一把利器。

（外一首）

秋雨啊，

请你去敲敲寒山寺的门，

用你的心跳，

传递我的心跳，

好让我在你起伏的呼吸里，

走出重症监护室。

2019 年 11 月 3 日

和蛤蟆先生对鸣

厨房里一筐苔菜刚刚洗过，滴着绿；

客厅里几尾鱼刚刚迁居，咬着尾；

一本书，写蛤蟆先生去看心理医生，推荐读。

苔菜很时令，小鱼很欢快，书很沉重，

但都很意外。

我联想到了约翰·纳什和克里斯多福·孟，

想到父母诞辰月到了，

又让我晒晒童年，

仿佛给漆黑的夜扎一个耳洞，

流出来的宿醉，

祭奠干涸的河床。

我理解蛤蟆的感觉，

不是来自河床的干涸。

绝望，一片云消失在远方；

蛙声一片，迎来一块块愤怒的石头。

我挺想和苔菜商量一下，要不要五花肉，

同时问问那尾流泪的鱼，想不想听吉他。

反正夜已扎了个耳洞，

我就在这耳洞漏出的微光里，和蛤蟆先生一起

鼓着腮帮子，

不出声音地、一长一短地对鸣吧。

深夜的站台

Louis Vuitton、Gucci 什么的都散去了,
站台的座椅上,
只剩一片叶子,
孑然凝望。
家,
突兀地立于夜的末梢。
在路的阴谋上,
叶子被踢来踢去。
极力想爬回去的念头,
被风追打得遍体鳞伤。

幸好有雾,
有雾的包裹。
一颗软软的心,
轻轻地把它藏在,
风够不着的地方。

2019 年 12 月 8 日

大寒，学着熊的样子睡觉

（一）

胡子黑白相间，

时光也是。

胡子和时光互相搀扶，

找一座码头。

镜子不说话，

我在里面闭着嘴巴刮胡子，

刮出一个灰色的黎明，

然后，向东走去。

（二）

把自己想象成一滴水，

体会水结成冰的过程。

大寒的风先从研磨耳朵开始，

应该还关乎脚。

难道这也是水的重要器官,

是冰的种子?

我想成为一块冰,

是为了一只烫伤的手。

那只手痊愈的时候,

我也就化了,

我想。

（三）

说是大寒要早睡,

就学着熊的样子做了个窝,

还加盖了一层鹅的衣裳。

还真睡着了。

雪,轻柔地围坐,

又悄悄地离开,

草,慢慢地青,

一条小溪从身边经过……

作为熊，我睡了一个雪天半个春天。

（四）

我在大寒里规划春天的时候，

女儿的春天已经在她的琴弦上了。

希望是这样。

至无锡

（一）

雨荷的济南

淋透了的济南

你的济南

不知哪一次送别是永别

云送走雨

涟漪送走蜻蜓

明湖的心事在荷尖

藕断丝连

随窗外远去的

是树的回眸

目送我

像目送一件行李

（二）

和雨追尾

追尾雨

一滴

停留发梢

梳一缕烟雨江南

（三）

鱼米温柔

统统发芽于梅雨

在太湖的岸边

我想象一个民族

冰和水只是一个物理的解释

我想象北欧的童话

东北的二人转

我想象手游和阅读

我知道在马路牙子旁边

我是一个臆想者

没有必要再说北宋南宋的过往

一位收瓶子的大姐

把城市的心脑血管放在支架之上

谢谢梅雨

也谢谢水蜜桃和油面筋

酱排骨和小笼包

谢谢 ASHELY

我在另一个城市的青春期

体味一位老人的暮年

火车跑进皖北的麦田里

火车跑进皖北深秋的麦田里，

我穿过车窗跑回了潍河平原，

赤一双十几岁孩子的脚。

这些年，

我鄙猥成机器，

忘了歌颂绿色。

早上，

每一支麦苗顶一粒露珠，

提醒我睁开眼睛。

试着去理解一只鸟的心情

试着去枝头
理解一只鸟的心情

又是阴天又是下雨的
鸟的家
在哪

它在呼唤啊
呼唤
它的爱人
在呼唤
蛋的孤独
你的世界里
是用什么交换感情的
黄金，钻石
羽毛，树枝

那好了

你要知道

你的每一根羽毛

都不可以出卖

小黑猫的重生

　　网上看到一个视频，小女孩 Marley 的爱猫 Simon 离开一年了。一天，妈妈偷偷从朋友处为她带回一只小猫 Ella，巧合的是，两只猫咪竟然长得一模一样。Marley 回家后看到，大哭着说：谢谢妈妈，我爱它。我看着这一幕，感觉屏幕都碎了。

　　这个时候，你可能相信，生命总会以其他方式与你重逢。

　　　　多么深的爱，
　　　　塌陷了生命的善良。
　　　　以为永久的离别，
　　　　原来从未埋葬。
　　　　重生后的你我，
　　　　又该是怎样的大爱一场。
　　　　彼此炼在一起，
　　　　便就是刀山刃颅火海囚渡
　　　　便就是山无陵，冬雷震震夏雨雪。

对话星空

今夜，

一遍一遍地对话星空，

独自一人，

以为全都是我的，

但无一为我所有。

我又以为注视时该属于我了，

我顺着目光往里走，

走到深处，

发现了另一只眼睛。

诗好像写不下去了，

闭上的双眼遨游在另一片星空。

我游弋在梦的边缘，

不知如何动作。

梦很集中，

集中于一个很远的地方，

不小心把它碰碎了的时候，

我便知道，

梦已经走得很远了。

这个时候，

我想到了萤光，

萤光怎配做星的替身。

笔记本里有所白色的房子

《恋恋笔记本》里有所白色的房子

《肖申克的救赎》里有所蓝色的房子

我在山上有所没证的房子

在另一座山上

我是半米没证的房子

我是为了一间房子重温一间房子的

今天凌晨情景交融恰到好处

房子和心情高度一致

我说过一个院子一处房子

房子是个心事

我把房子放到封面上

但心里的房子

和封面上的房子相去甚远

心里的房子可能是朱古力的一个车间

也可能就是一个卯和隼的结构

多么想不是为了房子

多么想是为了建一座房子

仲夏夜之梦

有只手抚摸着我的脸，

闪闪的光碎着，

跟在手的后面。

智慧树。

智慧树的每一根发梢，

都变成手指，

轻抚着我的脸。

我躺在智慧树下，

营造了个阿凡达的场景。

有信息，

聊了些开心的事，

笑脸是个月亮的表情。

一直以来戴着耳机睡呢，

生怕错过每一次的锁门声。

这么多开心的输入法，

起着蓝色的波，

穿着淡粉色的裙。

我看了看表，

2:05。

知道此时该把梦里的话记下，

知道此时不记下，

天亮后就剩下一个轮廓。

2020 年 5 月 19 日

遥望一座城

遥望一座城
其实是遥望一双眼睛

眼睛太远
在云的一端
隔着一条条河，一座座山

只好一遍遍地遥望南天的一颗星
我整夜地遥望，
把我的眼睛整夜地挂在南天
或许有那么一会儿
不管哪一会儿，星星会眨眼的

星星眨眼的那刻
我的眼神滴落在那座城的一角
滴落在那一会儿

那双眼睛也抬起来的那刻

南国的黑夜和北国的黑夜

就都亮了

2020 年 6 月 10 日

染发的傍晚

染了发的傍晚，

一缕缕梳散在车窗外；

染了发的姑娘，

一闪闪叠行在车窗里。

这是今天下午我坐在公交车里，

看到的景象。

我望着窗外，

马路和城市，

是流动在玻璃上的。

我也在玻璃上找到了我自己，

从这一站流到下一站。

公交车的车窗真好，

一层玻璃，层层悲欢。

公交车的车窗真好，

我从一层玻璃上就能看见，

时间纷纷从这扇窗跑向后一扇窗，

纷纷跑到了公交车的车尾。

我看着看着窗外，

车窗上放起了我淘到的电影，

《暗恋桃花源》可不必在舞台上，

《撒旦探戈》可从下一站到下一站，

《恋爱和义务》本来就是无声的。

这是今天下午我去淘电影，

在公交车上看到的景象。

雨夜，我和酒鬼猜拳

（一）

你行将阔斧地走来，

走出一道白色的风。

石榴树上的雨青青，

淋醒，淋醒，

3:50，以大地为杯，

我和酒鬼猜拳。

我旋转在雨的漩涡里，

漩涡里一双抚摸的眼睛。

（二）

开着窗

听你一个人的演奏会

在大伞上

在流苏上

在石榴上

在荷叶上

你把整个世界连起来弹

把我弹成水人

在床上流淌

因为开着窗

我到了你的梦里

你来了我的梦里

威海一宿

万圣节夜

抱海里想海

想一枚糖果

这糖果是魔

不要敲门

南瓜灯里的火

弱不禁风

不要敲门

在一家打烊的店前惆怅什么

我仿佛有一双翅膀，在烟墩角摇

伯爷打了个电话

问天鹅的事

电话那头说

昨晚来了一百多只

伯爷便扭过头来说

听说你来了

一百多只天鹅赶来

欢迎你

我说

伯爷就是通天地万物之灵

一个电话

　天鹅都听

此刻

我仿佛有一双翅膀

在烟墩角摇

一碗豆花

一位老哥，

端一杯茶，

一句你小子，

泡热一条山谷。

一位兄嫂，

说话像唱歌一样，

一句吃个苹果，

甜透一个港湾。

每次来到这座海滨小城，

早上八点，总有久违的晨钟，

"吃饭儿，快点。"

早餐了。

然后，递上一碗豆花，

轻念一句：

吃了它。

海边，晨

听

海讲鱼怀孕的故事

接纳了河也接纳了沙

她是地球的孕妇

怀里的岸边的

都是北斗拿勺子

舀出的精灵

看

太阳出来

月亮的梦也就醒了

海边，岸

看那城市
灿烂的笑容
看那城市
静静地开

看那古老的人心
发了新芽
看那新人的聚会
回了过往

我喜欢你
看那
看那
细细的声线里
绣出你三岁的模样

海边，泳

要信任，

在被辜负的时候。

要爱，

在没有回报的时候。

要学习，

在学无所用的地方。

要呼吸，

把头颅浮出水面，

并祝福所有海上的船。

要绘画，

从立冬的底色开始。

要悲悯，

即使这个词也可以翻译成，

肝肠寸断。

穿过这片海，

并且没有人听过你的故事。

失　眠

困了就睡

睡不着就和星星和自己

说会儿话

就像我现在

渴了

起来喝杯水

希望你

数着日子陪我

就像刚刚出生的样子

数糊涂的时候

给我发个语音

我希望是鼾声

可巧

那时我就在咱自己的庄里

盯着墙上的标语朗诵

朗诵

失眠、打鼾

弹指一挥间

你知道

那时

我的头发也没了

邻居说啊

这老头儿，前途光明

蜃 楼

阳光从来都不偏袒谁，

阴影就不是。

晨曦里站着一座 99 层的楼，

99 层楼有 99 个房间拉开窗帘，

99 个故事从窗里飘出来。

故事大同小异，

随阳光一起泻下的，

冲服的有药片有蜂蜜，

声音里有猫咪喵喵有婴儿哭泣，

味道大部分是豆浆油条，

烤面包的极少，应该还在休息，

这是今天早上我站在一栋戴着太

阳帽的蜃楼的对面，

看到听到闻到部分从窗子里跑出

来的东西。

可以想象，太阳收工从一楼开始，

就像太阳起床先在 99 楼梳洗，

99 个或更多的故事其实就是，

一幕窗帘子。

学滑雪

浪这件事

谁在乎你的年龄你也不必在乎

雪和白发刚好匹配

以就义的虔诚

爱雪板

屁股已经两瓣

可赤足飞驰

元宵肖像的一个像素

元宵流离失所也辗转反侧，

蔬菜和糯米分分合合，

骨肉被一张茶几隔离。

窗眼里的话语，

少了一些春风，

多了一些宗教。

元宵沉默着褪去颜色，

把节日煮成一个蓝色的像素。

元宵节之夜，

底色依然。

那些难得的，

那些独具的，

门一打开的时候，

逆光的时候，

回头的时候，

即使背影里的阅读，

也还看得懂。

喀什宾馆林荫

阳光一闪一闪的微笑
给了每一片叶子

我飞过来
和一只鸟成为朋友

它歌颂我对翅膀的欣赏
歌颂的歌词透过阳光
阳光笑了一地

历阳湖上一天桥

抬头的瞬间

被一条路叫住

回头就看到了冬天

彻夜不眠的风雪

在路上拥挤

一片落叶被风玩弄

翻来覆去地玩弄

我为那片叶子难过了好久

直到皱纹化作经文

雾在晨钟里散去

暮鼓也响了三下

橘色的黄昏安静地

躺在草丛，躺在河里

我便看见一只倦鸟

从冬天的山头飞过来

飞往明天

我抬起头

看见夕阳在一些路人的脚下

与我做伴

发生在"见山小筑"

（一）让风走入我真正的内部

我关闭了洗澡间通往外界的门和窗子

原本以为这下内部就完全没有了风

拉上纱帘才知道风一直在

那些原本不躁动的物品

居然飘起来

我的身体正承受一种风言风语

这是一次机会

我可以对着镜子

彻底地让风走入我真正的内部

（二）多肉多情

窗台上一些多肉

静静地减肥

静静地老黄

静静地听你走过窗前

窗含一帘花雨

在天边，等你

车站，悲欢离合比较集中

送的，接的

相会的，离别的

孤独的，结对的

旅途才是嘴脸

透过车窗

一只眼与另一只重叠

听车轮滚滚

鬼话连篇

一件事情发生

你会觉得有些时间挺恶心

中秋节，想说的话越来越少

（一）

想说的话越来越少，放在心里的越来越多。

一个老月饼被切成八块，听到冰糖破碎的声音，看到青红丝流着油水。

然后是苹果，籽粒也被分割，露出白嫩的肉。

月亮在老房子的院子里，爱你的人都围坐在草席上，听她说嫦娥长得多么的俊。

口中的冰糖化成了一个点，一万个舍不得她的离去。

以至于后来的初吻和再吻，都让我联想到舌尖上的冰糖。

想说的话越来越少，放在心里的越来越多。

不想醒，逝去的人就还在。

睁开眼，一切都老了。

想说的话越来越少，放在心里的越来越多。

只为那深切的刻骨的千里共婵娟的抬头共眸。

（二）

我等了你很久，日子过得很慢，梦也慢些吧。

今天才想起天上有个月亮，大多数人在大多数时候把她遗忘。

想起她的时候，她被包装在不同的盒子里。盒子提着各自的心事，在大街小巷匆忙。

什么时候开始，故乡成了一枚商标。大大小小的兔子变着图案啃噬，五仁枣泥豆沙蛋黄什么的。反正，月亮是碎了。

月亮碎了，饭碗和菜碟子满着也是摆设。月亮碎了，夜晚在鸡零狗碎中沉默。

沉默是对月亮最丰厚的回报了。沉默的空间要多大就多大：阴可晴，圆可缺，悲可欢，离可合。

写给自己的新年致辞

我回头看了一眼 2021，
她再也没有回头。

好像有句话要和她说，她已听不见了；
好像也没说过几句话，
白天忙，夜里想说的时候又睡了。
好像约着去看冬樱花，她已看不见了；
迎春花约好的冬樱花，
第二场雪都化了，叶也落了。

倒是淋过雨，也醉过。
寄存在烛光里的祈愿，
被风吹灭，
我便成了被 2021 剥落的壳。
回头看了一眼 2021，
她留下了所有的收成，

留下了一个玫瑰花芽，
再也没有回头。

女儿长高了，
准备期末考试。
妻子减肥了，
买了新衣裳。
我，小梅面对着我核桃皮样的面部，
我说过我是被 2021 剥落的壳，
洗净了我的牙石。
我要唇齿留香地准备亲吻 2022 了。

我看见

看到太阳起得很早

看到窗帘干干净净

看到鞋子有散步的冲动

看到洗了澡，刮了胡子换件白衬衣，镜子里的老头

看到老头在公交站牌下

看到冬日枝条的宁静

看到 170 路车进站

看到通行码绿了一下

看到夏天的繁华谢了，浮躁在地上滚来滚去

看到恒隆的墙面上站着这么多美女，美女身上粘了这
么多牌子

看到雕梁画栋的房子换了主人

看到我在河里，桥也在，柳叶和柳叶的朋友也在，柳
叶自在

看到这些，我特别感谢

我还能看到

看到肉串还能吃一口

看到空气还能均匀地吸进呼出

并且，感谢我看见的同时还能记起来

我在这里

为了死去的活着

也为了活着的死去

母亲二十年祭

母亲二十年祭

生时，用奶水喂大了子女

逝去，用身子喂大了一棵树

我和树拥有同一个母亲

母亲，我回来看你

匍匐在一棵树下

愿意长成另一棵树

你走了

我的心一下子就空了

二十年来

梦填补了一些

诗填补了一些

角落填补了一些

天气填补了一些

直到今天回来的路上

闭上眼睛，听火车咣当咣当的离家近了

离逝去的时间近了

离你近了

才觉得

原来你一直在我心里

填得满满的

2021 年 12 月 8 日

紫葡萄、冰葡萄

这场雨离寒冬已经不远了，田野里的颜色凝固了，雨声是真实的，寒冷也是，在雨头，在风尖，在想你的夜里。

不是需要一件棉衣的时候，
才想起你，想起
针脚上绣着星辰，
撒落在煤油灯下。

母亲，
让我躺在你怀里。
大风起兮，
大黄狗在葡萄架下呜咽，
紫葡萄变成冰葡萄，
所以我屡屡拳击昨天，
痛在今天。

母亲，大风起兮，

要你在我梦里一现。

母亲节（其一）

母亲未曾把我抛弃
她把爱的种子播在我心里了

今天我才明白
曾经在迷茫的荒原上
迷茫的时候
是母亲的加持
所以，非常自然的
我把最后一滴水
给了一片唇

我拥有大海
我知道我的渺小
我未曾忘记任何一滴水
我没有泉涌的能力
但爱的种子

在我身上长成一穗谷子

我是幸运的
我幸运地成为生命历程中的
参与者
也像一粒种子
像一尾鱼
像浩浩荡荡的暴风雨

母亲节（其二）

愿意拿命换命的

是母亲

不是今天

这些年了，我一直想她

想拿我生命换她回来

换她一半回来也好啊

不是今天

想再有个娘奉养

还她以生命

天天握紧她的手

不让她撒手人寰

不是今天

夜夜都想让梦怀上花朵

托我们重逢

让相聚的时长没有终点

不是今天

独自焚烧远方

灰烬重塑一个儿子

疼到毁灭

今天

要永恒的沉寂了

我混匿于人群

岁月无言，哑口无言

是比天空更深的沉默

我那

我那无法倾诉的知音

年，实际就是娘的乳房

年，

是时间的线段，

是在额头上治印的篆刻师。

年，

是心里的驿站，

是放下纤绳歇歇脚的纤夫。

年，

是故乡的炊烟，

是拴在游子天空上的绳索。

年，

实际上是饽饽上的一粒红枣，

是面皮和馅儿，

是热气腾腾的祖宗的体香。

饽饽上的红枣，

就是娘的乳头。

四面八方的儿女，

包括已逝的先人，

寻着娘的乳香，

以年夜饭的名义，

匍匐在娘的周围。

我已经无法享用那粒枣了，

那粒枣已经成为挂在天空上的一颗星。

今夜，

我要挂上朋友送我红灯笼，

挂在我家门口，

照亮母亲来我家的路。

是的，

是我家。

2020 年 10 月 23 日

眼 睛

我们是先把眼睛编织在一起的

我看着你的眼睛

你看着我的眼睛

眼睛和眼睛撞了个满怀

从此，眼睛和眼睛

就像水珠儿碰到水珠儿

融在一起

我们把眼睛放在彼此的手心里

手心里碧波荡漾

生命交织着爱情

汇成一条河

我们把日月编织在一起

我们把山川编织在一起

我们把呼吸编织在一起

我们把心跳编织在一起

我们把我们编织在一起

或涟漪轻抚

或排山倒海

推着波浪前行

此后

你的眼睛就是我的眼睛

我的眼睛就是你的眼睛

2019 年 10 月 18 日

在哪里寻找春天

北风慢下来，
呼吸也浅了。
冬天融化，
沿大河走出地平线。
窗花一样的背影，
跌落在余晖里。

时间和时间交接得如此平静，
没有握手，也没有回头。
一抔雪孤独在山头，
仿佛一件昨天的行李，
遗忘在另一个国度。

时间的疼痛是人为的啊，
剪碎了岁月装订的日历，
布满了密密麻麻的血丝。

背影成了一个点的时候，

我在河的倒影里也看到了。

所以，人们忙着寻找和庆贺立春的时候，

我倒伤感冬的离去，并且绝对地流连，

淋漓尽致的白毛风，

放荡不羁的鹅毛雪，

那也是我的春天。

节气的缘故，

我试着找了找春天。

在一句话里，

在一棵树下，

在一段路上。

记忆的缘故，

我试着找了找春天。

在一杯水里，

在一碗面里，

在一只手里。

清晨的缘故，
我试着找了找春天。
在那个天边，
在那片草原，
在整个夜晚。

大桥头下的低首

——记福建莆田一座古桥

你行事的根基是一颗善心

天地敞亮了

梦里也飘着歌

污秽和你的身影

都会被阳光晒得沸腾

——题记

千岁的爷爷，

您驼着的背，背过多少子孙到彼岸？

您满茧的手，捧过多少新绿到花红？

我摸着您脸上的每一丝皱纹，

寻千年的尺素。

我贴近您留下的每一寸脚印，

听千年的马鸣。

我问石板上的每一个名字，
河是桥的血脉，
还是桥是河的筋骨？
我还想问问祖坟，
问问古书、古树，
问问砸掉的佛头和拆掉的门楼子……

我问那马尾松，那松摇摇尾，
我问那枇杷枝，那枝摆摆手。
我问岸边的荔枝，荔枝不语，
我问河里的小鱼，小鱼游走。

我问土，土沉静，
我问水，水流去。
我长叹着望向天，天光刺目。
我不再问，
我不忍心看见老人的泪水。
于是，我低下头，

再一次凝视，

这千年来以桥的姿势。

屹立在河的爷爷，

皱纹里至今都闪着耀眼的光。

我沉默着不再问，

我不忍心看见老人的泪水。

在荔城的大桥头低首，

我回到唐朝，

这座唐的老人，

不是一座丰碑，

是守卫这河两岸的神，

这两岸的子民有桥的精神。

此桥在福建莆田荔城，建于唐末。莆田30多座古桥既是莆田的景也是莆田的神。

2017 年 1 月 26 日

太阳写字

太阳先从屋檐上，

泻到一片叶子上。

叶子抖了抖，

就从窗的开口，

跳到她面前的书页。

人物十分清楚。

彩光溢流的面相和眼睛，

十分清楚地注释着。

没有心思注意手里的梅花，

无论睁着或闭上眼，

太阳总在你面前舞蹈，

一群篝火手拉手，

你在中心目眩。

做一回夸父。

哪怕是夜，

雨把天织成网的夜，

我也赤胆地朝黄河疾驶。

黄河的夜曲没有那么汹涌，

波澜壮阔的倒是脉搏。

大地在黄河的脉搏里，

沸腾。

此刻，

月光从天际走来，

在大地上踏出一丝年轮。

年轮和太阳孪生般像，

我知道我终将与之为伍了。

皱纹被光线填满的那天，

我也知道，

这年份酒是先上了头又上了心。

月缺了圆，圆了缺。

日落了升，升了落。

雨和太阳交替着从屋檐上，

泻到叶子上，

又弹跳到年轮上，

年轮天天写满了节日。

阳光改由袜子衣袖裹着，

在柜子里叠放。

书页也有了新的。

太阳会写字呢，

太阳还把种子，

写成了绿油油的草原。

2017 年 6 月 1 日

也献辞于新年（2018 年）

就从头开始吧。

枝头向夕阳挥手，

山头便端出一盘月亮，

日月交接。

日月交接，

松涛醉歌，

这是今夜的开始。

今夜收藏起你曾留下的脚步，

收藏春的开头。

冰滴下泪水，

换得河的微笑若涟漪；

风掠走花朵，

染得路香常相思。

相思是春的全部精力，

春笋就是一例。

笋尖的那滴露，

在春宵一夜，

穿透春的尽头，

迎来暴雨。

雨也是泪水，

是夏天和春天交配的泪水；

雨也是相思，

是春天和夏天交配的相思。

还记得那滴露吗，

露长高了，

满山遍野都奔跑着她的子孙，

天际绿肥红瘦地系着果实。

今夜，

你看不见果实的骄傲和悠闲。

在适时泛滥的今天，

随手点开一个公号，

膨胀都是夏的全部精力。

甜瓜就是一例，

蒂落的乳香，

在仲夏夜深处，

怀抱子孙，

迈向产床。

田野一片红彤彤。

豆科噼里啪啦的分娩声，

促织急急促促的求偶声，

火狐的呻吟和野兔的低鸣，

此起彼伏。

生产是秋的全部精力，

鸟儿也是一例，

它是秋的助产师，

啄破最后一个柿子，

从枝头飞起，

一叶从枝头飘落。

秋把繁华写在一片叶上，
收藏了鸟儿的脚步。

树流下眼泪，
落叶就是它的泪水。
落叶以眼泪的方式，
偎依在秋的发根。

雪是跟着落叶来的。
没有什么可说的了，
2017 年的最后一夜，
雪在头上，
就从头开始吧。
剪刀剃走时光白发的那刻，
也像是星光洒了一地。
 从头开始，
铺满星光。

2018，今夜无雪，

那些洁爽还不早就驻在你的心头。

2017 年 12 月 31 日

乡　愁

乡愁是枚邮票，

邮票找不到那间老房子；

乡愁是条小巷，

小巷留不住那根紫花藤。

乡愁是挂铁环，

铁环在断垣边喑哑；

乡愁是声呼唤，

呼唤在银河里回荡。

乡愁是须，

由黑变白，

刮了又长。

乡愁是根，

由短变长，

烂了又生。

乡愁啊，

你是祖宗的血，

闭上眼，总在眼前；

乡愁啊，

你是祖宗的魂，

闭上眼，总在耳边。

天鹅啊，如果有一天

如果有一天，
你飞累了，
我的双臂可聊作残枝，
栖息。

如果有一天，
我是你的累赘，
我用我的影子包裹，
沉入湖底，
不会在你目光所及的任何地方，
留下涟漪。

这是我对天鹅许的愿，
是右心室对左心室说的。

八千里路云和月　此雨唱给谁来听

　　雨和我似乎总有一种特别的关联，有一种纠缠万年的关系，我相信，我的前世是雨，我是我父母云雨后，散落在荒原上的渴望归来的一团雾。

　　雨，
　　有雨。
　　小院里湿润润的。

　　是真实的。
　　有雨，
　　心里湿润润的。

　　的确下雨了，
　　一路上都是你。
　　你何时走到海边啊，
　　到了的时候，
　　给我个信。

我有理由知道，
海对你的拥抱。
权当这拥抱是我的，
权当在你拥抱海的时候，
也拥抱着我。
有了这拥抱，
我才放心。

你来的时候是五点钟。
我一直坐在院子里，
坐在你面前。
虽然我眼前一直是你
不间断的身姿，
一直是你溅起的花，
我还是惦记着拥抱的那一刻。
那一刻，
才让我放心。

2019 年中秋节，清晨

思念故土的泥巴

雨和故土应该是爱上了。

就站在离故土开头两三米的地方，

拉扯三天了。

我被淋成泥，

扑嚓，扑嚓，

从杞王国到齐长城。

泥是根，

根很固执。

此夜，我想念泥，

长着蒺藜，留着麦茬的泥，

存着水洼，长着蝌蚪的泥，

谷穗低首言欢的泥，

汗珠跃起舞蹈的泥。

我想念泥，

再想他的时候，

只能转过身去。

他成了一个圆丘，

圆丘上长了一棵苦楝子。

手的联想

只要是你，

把我从树上摘下，

我愿意成为任何浆果，

降落在你手心。

可如一枚蜜枣，

在你手心里翻滚。

我想遍了许多形状和味道的果子，

还是蜜枣合适。

蜜枣的皮肤匹配这手，

纹理也隐隐约约透出爱情。

簸箕和斗上下颠簸的时候，

心内坚硬的核，

融化为花，

灿烂得要冲出来盛开。

原以为自己是伏尔加河上的，

一根纤绳；

原以为自己是马赛马拉上的，

半条羊腿。

都不要，

在蜜枣纹理一样的手里，

我是一粒蜜枣。

我依赖这手。

这手轻抚，

我就荡起轻舟。

这手翻腾，

我就惊涛拍岸。

2019 年 10 月 4 日

2019——我把心捧上祭台，供奉你

头颅，旋转 180 度

就看到了来时的路

脚印踉踉跄跄倒也成行

足迹零零散散倒也清晰

我知道这是你的搀扶

今天，时间又分出一行的今天

我的手被手握紧

我感到了你的血流

我感到我们的血汇成了同一条河

今天，时间又分出一行的今天

我必须把我的心捧上祭台

没有理由

如果非要找个借口

或许是一把轻轻的搀扶

或许是一句暖暖的哈喽

或许是你微微地一点头

或许是你默默地再回首

我把心捧上祭台

我才心安于在一行行的时间里

你对我的唤醒

我把心捧上祭台

我才心安于在一串串的脚印里

你对我的搀扶

2020 年 1 月 24 日

忙 年

学母亲
忙年

似在身边
看见了她的笑容
学着她的样子

就在身边
听到了她的声音
叮嘱别烫着手

就在身边
闻到她的味道
鼻子酸酸的

相思始觉海非深

相思始觉海非深，

是件严重的事。

南和北，东和西，

擦肩而过，

一毫米的距离，

背影便也是隔了岁月的凝视。

相思的雨，

落下无形无言，

远看才草色青青，无涯无际。

我听到海的涛声，就听到了你的歌唱

你是海，

揽着天。

我抬头看看天，

看看天的时候我就看见了你。

即使相隔万里，

你和你的云会飘过来，

和我相遇。

我看见了天就看见了你，

看见了云朵就是浪花，

看见了浪花就看见了你的笑脸。

我还听见云飘进了胶州湾，

在胶州湾的波涛上，

我听见了另一片海的歌唱。

我就知道我的心愿，

云能寄到；

我就知道你的心声，

海能听懂。

你是海，

揽着天。

我看着天的云朵，

就看见了你的笑脸；

我听到海的涛声，

就听到了你的歌唱。

伊人之山

伊人之山，

是足底的图腾，

是鸟儿给我辅导功课的家。

母亲也在，

所以，我撕掉所有伪装，

裸奔裸走。

伊人之山的心跳，

我的心跳，

心跳叠加起来，

在山巅感受海啸，

排山倒海的波浪摧枯拉朽。

伊人之山，

因为我曾经是你的儿子，

可以成为遥祝你的萤光。

留一份过去，给永远

（一）

一步步坠入深渊

一米米见到光亮

深渊和光亮肩并肩前行

也背对背走远

是同一时刻手牵手联结的

是同一时刻眼和眼诉说的

是同时刻手和手断裂的

是同一时刻眼和眼告别的

它们其实早就告诉我了

留一份过去

给风

给永远

（二）

今夜不能说它是半张脸

另一半被一座山挡住了

今夜不能说它是半份爱情

另一半被分离替代了

今夜的月亮躲起来

它被人间的焰火吓坏了

（三）

你在天上看人间

我在尘世看你

委屈了你

忘记了供奉

月饼，尘染冰心

2020 年中秋节

异乡的窗前

异乡的窗前，

梦都沉得飞不起来。

桂花翻过我家的院墙，

把同一双望月的眼睛，

搁在我的枕边。

思念，是对分离的抵死抗拒

（一）

晨，东南方，云天似被劈了一刀，似乎还流着昨夜梦里的血。

如果是伤痕，光已悄悄地靠近，慢慢地抚平。

鱼鳞云，不是苍天的愁眉，还可能是苍天的笑容，所以——

是伤痕，

也可以是微笑。

是离别，

也可以是拥抱。

是秋的末日，

也可以是冬的暖阳。

（二）

思念，

是没有终点的钢轨，

即使一遍遍被旅者碾压，

背影也在怀里。

思念，

是失语者的心声，

思念，

是心灵无声的起义，

和对分离的抵死抗拒，

是卧倒在荒原的剪断的愁肠。

盛开是质感的

丹桂开满了院子，
我陷入怀念。
去年十月，
在与诗有关的几个日子，
因为香气，也因为雨，
我体会到盛开的意义。

盛开是质感的，
令人觉察到生命的节律，
和深藏其间的微妙火焰。
借助被眼睛擦燃的光亮，
我知道脸颊红得滴下来，
我知道我被吸纳进去。

绵绵无期

绵绵无期

童年和母亲

下了枝头

上了心头

绵绵无期

日头和月尾

挂在天边

挂到眼前

绵绵无期

时间越来越瘦

凝望越来越厚

我怀疑我是一块石头

我怀疑我是从遥远的天际跌落到山间的一块石头，

是被抛弃的半颗残星。

无数次一圈圈地仰望，

在天狼星的方向望出泪水，

然后满天都是泪水。

我被抛弃在遥远的眼前。

在无数个夜晚，

我冲着一个方向，

读我的故乡。

读出满天泪的时候，

我才不感到孤单。

惊闻好友父亲仙逝

不是每一次挥手还能握手
不是每一个背影还能回头
不是每一次入口都有出口
不是每一段旅途都有芳洲
此后，此后
家园何处寄存
何处泪流

不是所有的睡梦还能苏醒
不是所有的离别还能重逢
不是所有的爱情都有魂灵
不是所有的倾诉都有回应
此后，此后
银河何时干涸
何时决口

纪念夕阳——一个零下二十四度冬天的下午

我看到黑暗一步步向山顶爬去

我知道你要和今天话别

由你去吧，我想

反正隔着座山

你在那面沉沦

我在这面消亡

影子和黑暗各自安好

我还是追着黑暗的脚步爬上去

我大汗淋漓，山顶寒风凛冽

大汗寒风山顶和我凑到一起

在你关上今天最后一扇窗的时刻

完成了一个向你告别的仪式

目送你驶出今天的站台

眼泪有时是风的产物

尤其在山上

一不小心

也会跌落成满天星

2021 年 1 月 7 日

腊月，送你一朵小红花

（一）

如期而至的云天，

泄露了心事，

在平行的时空里。

（二）

一起的人都散了，

我们为对方留下。

腊月来了，

春近了，

幽幽的谷底，

你撒满种子，

来年春季，小花漫山遍野，

每一个花萼都吐着相思。

昨夜，梦见一场雨，

与漫山遍野的花萼相拥，

哭成一片。

（三）

你是我的爱人，

是我的孩子，

喜欢你和阳光微笑的样子。

我是多么爱你，

整个世界荒漠了，

还有我最后一滴血。

（四）

青春的脸庞是清晨的模样，

太阳很大，青春从海里出来，

就领着风，

山河此起彼伏。

你是我的山河，

引领着我，

在青春上起伏，

在清晨里徜徉。

青春，从海里出来。

（五）

火车唱着歌流浪，

一站只停两分钟。

火车没有家，

装满了家的梦。

风也没有家，

风衣包裹着谎言，

举一面红色的窗帘，

等爱它的人。

一碗炝锅面

一位嫂子，

像往常一样早起，

给大哥做了一碗大哥最爱吃的炝锅面。

那碗面还冒着热气，

嫂子躺下去，冷冰冰地……

这不是碗面，

是一辈子。

做面的人走了，

一碗面里卧着一颗心。

爱是时间和事件的建筑

初九，

一半月亮在天上，

一半月亮在手上，

两只手握圆新年。

灶膛的柴正旺，

努力炖一碗久违的汤。

天刚刚被洗过，

一颗星滴在半山，

一颗星落在身边，

一些散诗洒了一路，

一行脚印存了两年。

也许是告别了冬天，

晒了一天的风，

归来的亲吻有了映山红的雏形。

种子这么真诚，

水源这么饱满，

一行脚印绽放出一朵朵花。

2021 年 2 月 20 日

我心中的燕子

燕子，秋分南飞，春分北回，未曾忘却回家的路，无论多难。

小时候，家里有一窝燕子，每年春分，它们回家的时候，全家的幸福都从心底洋溢到脸面上。如果晚到了一两天，全家人也都无精打采，像丢了魂魄。

准时回来的时候，妈妈都会说着同一句话：燕子回来了。迟来的时候，妈妈也会说着同一句话：啊，回来了，知道它们会回来的！像是她的儿女回家来。

老家有个说法，家燕择好人家而居。妈妈以家里这窝燕子而心喜，全家也都呵护着它们……

昨夜的雨，

是今日春分之泪的铺垫。

春分的泪，为了一只燕子。

天气和今天大致相似，

一些花瓣，一缕雨丝，

一枝杏梅想风的事。

母亲在一口锅前，

父亲端着饭碗，

像极了盐坛子的燕子的巢，

端坐在堂屋的檩条中间。

堂屋的门把南屋的脊框进来。

唧，唧，唧

唧唧，唧唧……

声音纤细，

却炸开了一个男孩子整个的春天，

圆了一个乡村的等待。

我的燕子归来了。

她不是时间的信使，是我的家庭成员；

她带走的不是秋分，是我灵魂在衔泥池塘

上方的盘旋。

她归来了，在南屋的脊上，

抖落千万里的疲倦，

展开翅膀拥抱家的炊烟。

我多想长一双翅膀，

飞上，飞上，

抱抱，亲亲。

这是一幅五十年前的画了。

如今，老屋只剩下照片，

电线还有，燕子不见。

但是，每到今天，

燕子的问候仍然在我耳边，

我也还牵挂着她离去和归途上的艰险。

燕子的巢不在了，

但我知道，

她的巢早已筑在我心里。

蒲公英

我手上有两条线索，

母亲和你。

我自己就不必说了，

在璎珞编织的日子等。

等风来。

母亲匍匐在地上，

把你高高举起。

能看到母亲的不舍。

一边轻轻地拉着你，

一边紧紧地抱住土地。

你是插入母亲胸膛的一面旗。

风带走你以后的伤口，

母亲自己用怎样的针线缝合。

目送你，

目送风。

挥手，手心空当当，

手影漂洋过海，为你搭一条岸。

我崇拜风的不羁，

犁起我额头的皱纹，

我顶着海的波浪，

展示着分离的壮阔。

作为线索，

被风吹着的风流，

落脚在静静的湖畔。

没有关系，

我也是夹缝里的浪子。

母亲期望你成为母亲，

她不知道你已经在水土肥美的沼

泽里，

在高高举起的期望里。

风来了——

蒲公英，

安息！

风来了——

蒲公英，

我有两条线索，

一条在地下，

一条在天上。

母亲和你，

我是你。

蜜蜂和花

花把家里的密码告诉了蜜蜂

蜜蜂和花

开始一场交换灵魂的爱恋

致一间花房

我和她隔窗相望，

眼看着熄灭了灯，

黑夜降临了。

但阳光在花朵的心里；

世界碎掉了，

但潮汐在牡蛎的心里。

写给青岛的朋友

听这声音好了

听海的心跳

在海的胸膛上

我也不能自拔啊

你一双眼睛做了片海

做了我的摇篮

我都嫉妒那些鱼和海草

盼望成为它们一员的念头

一直立在潮头

阅读一个头像

我知道啊

深夜里浏览深空的深邃

抱着几行字

一个标点就是一年

一页书签

点开一个名字

耳边轻唤

归处的绳结

——于黄炳馀书画展《归处》之外

背一行雨出走

杨梅趴在少年的肩头

哭泣

那个时候，乡愁还小

散落在湖面上的波纹

没有扩散为波涛

纤夫站在月亮中间

我是一条没有舵手的船

也是纤夫

在湖的中间站在月亮的中间

走，走无尽头

今天，我才找到了那根绳子

连着我和月亮的绳子

拉着我走向岸边的绳子

今天，是归处的哭泣
不在肩头而在心头
当年的波纹原来一直扩散
扩散成今天的波涛
打湿了故乡的脚底

归处是我的陌生
在红绿灯的路口
近得，你要和它喝一杯交杯酒
远得，又让你泪里流

在雨编织的绳帘里
我被系在了一棵菩提树上
绳子的每一个结节
都值得歌颂

我知道你有孩子

我也有

我就是个孩子吗

我们是杨梅的孩子

归处，未必梅子花开

2021 年 6 月 25 日

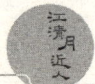

年轮和皱纹

年轮和皱纹讲述的故事，

大抵和雨有关，

母亲应该没有思考过这个问题。

她只在这个时候准备些糖果和粮食，

父亲就会在夜里点燃香火，

和灶王爷说一些美丽的话。

那个时候，我是盼着年的。

现在，不了，

我明白了母亲说的年关的意思。

经常想，我可能就是一片糖纸，

曾经被童年收藏过，

后来被父母丢弃。

还好，

风愿意收留，

一会儿山脚，

一会儿树下，

这是我最愿意去的地方，

并且喜欢下雨。

每当雨来，

丝丝甜意就在我的舌尖上回忆起来。

雨是我的爱情

雨是我的爱情

雨是我的爱情

是父亲的粮食

雨给了父亲一壶酒

与谷穗碰杯

雨给了我一张车票

吻遍十月的每一个毛孔

每一场雨都那么完整

果子那么饱满

却把我的岁月淋得斑斑点点

2021 年 8 月 31 日

不是滑雪，是滑一朵百合花

去滑雪吧，
牧神的午后，
在马拉美的埃特纳山谷。
雪像维纳斯的肌肤，
你感觉不是滑雪，
是滑一朵百合花。

去滑雪吧，
甜美的黄昏，
在燕雀滑过归巢的丛林。
雪像天使的翅膀，
你感觉不是滑雪，
是滑进，滑进，
不愿意有尽头的春的中心。

我把清晨弄丢了

百灵飞走，

歌声留在枝丫缝隙；

山雀飞走，

梳落的石榴花撒了一地。

要知道，

我曾经的清晨就是鸟，

鸟用各种方言唤你早上好。

我把清晨弄丢了，

麦浪已经干涸，

我错过了籽粒成人的仪式。

我的清晨丢了，

丢在村西的溪里，

没有了浮梢鱼和小米蛤的清晨，

就把清晨放在了月亮的边缘。

我的清晨丢了，

清晨，现在也不知你躲在哪个角落，

哭泣。

花开在子夜

（一）

凝望你那么多

时日，时日开关于何辰

清晨可以理解

子夜也可以

你把我的凝望接过去

我触摸到的时日

其实一直在开

（二）

云彩有些乱

烟火也不单纯

人工色素川流不息

一些花花绿绿的话

在根部枯萎

时日一色晴朗

（三）

人类一直幻想着自己

开放成一朵你

把卡片装扮成花瓣

写一些你未曾说过的文字

我凝望你那么多

有子夜的指引

才听懂你唱的歌

灵岩上的皱纹

（一）

我的心极度地贴近灵岩

再大的风

也吹不动江湖

涟漪是灵岩上的皱纹

停止了流动

（二）

愿意

心里非常愿意

就让我出生成一坨泥巴

无需上彩

让我萎缩的身体上

挂着潮湿的你

（三）

问佛

菩提树下
菩提子落
是不是放下了

佛问
手牵着手
手连着心
放手还是放心

（四）
松啊
你为什么流泪

鸟扑簌簌飞走
我才看见一行行的离别

（五）
钟鼓楼前师父惆怅

鼓不知哪里去了

只悬一口哑了的钟

这山谷多么寂寞
空有多情的风

（六）
辟支塔下
梦很高

（七）
太阳不是突然下山的
热情和期待也是

被山风来来回回地撑
最后的留恋打个寒颤
沿着布谷鸟的叫声
走远了

2020 年 5 月 25 日

我的河啊，涤荡我

眼看着叶子瘦去
眼看着云把海分开
眼看着万家灯火没有着落
眼看着我的灵魂顺河而下

我是窃贼，与秋风同类
偷走叶子的情话
我是泪水，与秋雨共谋
沾湿大海的衣襟
我是无家可归的尘埃
在漆黑的夜里呻吟
我的河啊
你为什么涤荡得我
寸草不生

生命的礼赞

原以为生命是根。

树的，

芽的，

山的，

石的，

祖上的，

父亲的，

包括我的，

命的。

原以为根是生命。

凋零，

脱落，

枯萎，

崩裂，

前世的，

新生的，

包括神的，

魔的。

我嚣张地以为，

生命拔节抽穗，

缘由盘根错节，

根深蒂固，

和根漫无边际的贪婪，

　四面八方的侵略。

直到我遇到水。

我是根，

是生命的动脉。

胡须可能源于我的须根，

督脉可能连接我的主根。

当胡须染白，

督脉失效的时候，

我遇到了水。

我是根啊，

根不是生命的源泉。

我遇到水的那刻，

血管里才有了生命真正的色彩。

我是根，

不是生命的地基。

我遇到水的那刻，

身躯才住进真正的家。

我是根，

我遇到了水，

遇到了我生命真正的源。

我和水共舞

我和水同欢，

我和水缠绕着，

在水草丰腴的溪边山间，

合唱布兰诗歌。

我是根，

我到家了，

水在家里唱着潺潺的歌，

我的主根须根都充满了血液，

这是礼赞生命之源的季节，

生命蓬勃，

天都红了。

2019 年 11 月 25 日

我是一尾犯罪的鱼

我如一尾鱼

或立于潮头

或被潮水包围

在海的心跳里

听着海的呐喊

紧紧拥抱着海

海也紧紧拥抱着我

一同沉入海底

现在虽然我还是一尾鱼

但我害怕水

我在水里是罪过啊

我甚至都不能逃进大漠

大漠涌起的波

使我联想到海

作为一尾鱼

我开始害怕水

我在水里是罪过啊

看见水我的头便低下来

作为鱼

我对所有的水都没有了兴趣

我是一尾对水犯过罪的鱼

我甚至想刮掉我的鳞片

刺穿我的鳔

成为鱼中的奴隶

伺候着海

怎么会

哪里也不会收留一尾犯罪的鱼

我只能任由我的须野蛮生长

然后装扮成有根的样子

找一片林地

与失去了水的枯叶做伴

仰卧着看云天

仰卧山下,

把自己想象成一行诗,

其实是诗歌的乞讨者。

我粗枝大叶地仰卧山下,

风砍过一座鸟巢,

有伤的季节拖着尾巴来到。

云朵清楚极了,

你我的嘴唇,

两朵神秘的火焰,

在蓝天上燃烧。

仰卧在山下,

听得见水的影子的响声,

流进了眼睛。

我想象着不如自己是水,

和光一起挂在你窗，

于水中，

高喊着爱人。

仰望山下，

今夜，月光只剩一半，

你就把我刻在另一半上吧，

否则，我感觉自己是一只花圈，

不知该怎样安放。

刻在一起，

你是我的诗，

便不许别人更改一个字

……

2020 年 5 月 3 日

幽幽谷

自己商量

做一根弦多好

天天弹

自己商量

做藤萝一叶多好

天天浇

自己商量

做幽幽谷里的画吧

天天见

自己商量

只要能在幽幽谷

无论何种形态

无论何种姿态

即使是一粒尘埃

2020 年 5 月 15 日

把自己埋下

我看了一眼我的壳，
是秋千上的一堆泥塑，
被月光推来推去。

我跑啊跑，
跑到山坳里，
把自己埋下。
山坳里，
现一泓泉。

为了如约而至的今天

（一）

泥土才不管呢

开什么花

结什么果

是灵魂的事

（二）

如果冷

我就点燃我的躯体

如果泥泞

我就爬下去垫你的足

2020 年 9 月 17 日

把自己交给一辆列车

风景在前面，
还是跑到了身后，
都在窗的眼里。
呼呼前行的列车，
载着一车人的心事。

暂存或是安放，
驿站还是目的，
古树，枯草，
田野，残桥，
老屋，新苗，
窗给你的诉说统统退去，
只留下你眼睛里的倒影，
定格。
这是旅途永远的风景，
是列车最沉的行李。

把自己交给一辆列车，

去远方感恩；

把自己变成一只候鸟，

回老巢反哺。

可无论停靠哪里，

远去的窗也会人老珠黄。

无论开到何方，

童年也不会在这趟车上。

听着童年的汽笛，

我听到心跳越来越远了。

如此想来，

牵着手是人类最伟大的仪式，

牵着手才不会把你丢失，

所以，人谢幕的方式统一为撒手人寰。

牵着手感恩，

感恩列车牵我的手，

把我揽在你的怀里。

经常虐待夜晚

去年今天我凌晨三点还没有睡。

我经常这样，

经常虐待夜晚。

所以，夜晚变成皱纹，

皱纹是我对夜晚的敬礼，

时间写在了我的脸上。

阅读大寒

阅读大寒，

阅读一碗腊八粥，

阅读一声特意赶来的问候，

阅读躺在窗外的大海，

阅读提醒疫情惦记着我的朋友，

阅读泰山和栈桥，

阅读博士前和博士后，

阅读背书包的兄弟，

阅读呵护我的昆嵛山下冷风里的爷的秃头……

阅读矿井下的纸条，

阅读网络上的热搜，

阅读打脸的耳光，

阅读海大的鞋臭，

阅读宙斯诱拐欧罗巴的老牛，

阅读人性的善，

阅读退了潮的海岸……

人渴望的港湾比船迫切

想造一个泳池的愿望，

并非因为和水的相爱，

而是从蓝色开始的。

天的一角足矣，

放一只鸟，

与一双翅膀嬉戏；

海的一角足矣，

起一层浪，

与一株水草连理。

人渴望的港湾比船迫切，

所以，港湾的形态各异。

码头以及阻挡风浪的堤，

有伞状的，有沙发状的。

也可以是冬夜旷野上，

若隐若现的音乐盒；

可以是春宵纱窗下，

漫不经心的蓝风铃。

蓝风铃漫不经心地响起，

不管春风有意还是无意，

我就在心里造了一个泳池。

日子是玫瑰也可以是蔬菜

日子是玫瑰也可以是蔬菜，

日子是酣睡也可以是无眠，

日子是烈酒也可以是清水，

日子是花开也可以是叶落，

日子是卡农也可以是鸟鸣。

日子漫长又短暂地失去了自己的名字，

只剩"今天"和"明天"。

把自己放到日子里，

日子是面镜子

你就是日子，

你的样子就是日子的样子。

我踏实地把地种好

不见你，
多久了？
在肖邦第 11 号的中段，
反复。

我要说的，
由拇指念来念去。
你要说的，
我知道在你的沉默里。

邀请你在琴弦上游走，
我踏实地把地种好。
荒芜的不是野草，
是沙漠的无边。

把猜想还给黄昏

无论黄昏，清晨

不经意间的相遇

低头而过

便颠覆了一天

可巧

我知道你说了什么

你知道我说了什么

这就是我清晨以前的故事

是早餐餐盘里的自助

是焰火的残骸

是鸟携我的富有

真是好玩

我悄悄地蒙上你的眼睛

把猜想

还给黄昏

牵着风走

牵着手走不累的话语
一直没有说出口
一只手便抽回了
在一个湿滑的路口

树一棵棵倒下
野生的林荫
一步步筑出养殖的荒漠

笑声在砂砾缝隙里哭泣
另一只手在半空里
去牵一缕清风
没有你的日子
反正手是空的

等待烟火的潮头

等着你，

在雷声里滚落，

好让我知道门窗关闭，

风雨在外。

等着赶路的烟火，

从必经之地捎来的睡意，

从雨的缝隙见你浅浅的呼吸，

起伏的柔波。

把今夜抵押给河，

把我交付漩涡，

河床以一百二十的心率，

回应海的呐喊。

我知道呐喊是蓝色的，

紧密地握住了光。

时间可以停止了，

我成为一滴水，

在蓝色里住一辈子。

感恩的心走到今天以及还有一些时日

感恩苹果树

也感恩星辰

感恩遇见

也感恩离散

感恩大风

也感恩粮食和水

感恩抚慰

也感恩伤口

感恩一块石头

感恩一米阳光

感恩距离

感恩握手

感恩惺惺相惜
感恩风雨兼程

感恩日子
感恩你

可惜我忘了密码

当灵魂最后一次和你的躯体道别，

你是否想过你曾经挣扎着争夺冬天来临前的最后的阳光，

生长，生长。

你闭上眼睛想象一下，

和风接吻的矫揉造作，

淋雨时候的扭捏，

晶莹的米饭和等待着你归来的凋零的花朵。

凋谢就是凋谢，

骨灰不需要盒子，

一小把埋在父母坟前的芙蓉树下，

让我树花枝招展地陪着他们；

一小把埋在奶奶的坟脚，

让我终生和这个小脚老太太睡一个被窝，

永不颠簸；

留一小捏，偷偷地洒在灵岩寺的青檀下，

我曾经掐过他的发梢，作为爱的誓言；

余下的大部分，就不要留了，

洒到海里，装作伟人，

应该不会污染环境，

也没有到大洋彼岸的企图。

我是来还愿的，

忘记了才是我想的。

不就是一缕烟吗，

和风接过吻，

也听说过灵魂的伴侣。

如果我把灵魂存在银行里，

可惜，我忘记了密码。

吓着了

（一）

杰子的女儿哭闹不止。

大人说是吓着了，

叫叫就好。

杰子媳妇叫了半天，

女儿还是哭闹。

杰子让媳妇出去，

他把女儿抱在怀里，

燃了一支香烟，斟上一盅酒，

绕着女儿的小脸的上方

转了三圈，

对着烟说：

来，咱拉拉，

我可不是个好人，

我还是个狠人！

杰子说完，

怀里继续抱着女儿。

女儿睡了，

睡了一大觉，

醒来就蹦蹦跳跳地跑开了。

（二）

可能是上帝也可能是父母，

删除了所有人三岁以前的记忆。

那么，三岁以前我们看到的是什么？

我大体猜想看到过逝去的先人。

杰子的女儿我的女儿应该是看到了他们。

我女儿两岁多的时候睡梦里挥手给他们

说过再见后，

退了高烧。

我小时候也经常把自己魂搞丢，

都是二大娘帮我叫回来的。

我也帮着二大娘给我弟弟妹妹叫过，

在地上划个圈，

一只手托着后脑勺，

一只手从地上抬起然后扑朔扑朔脑门，

口里念天灵灵地灵灵。

现在看来，鬼魂是最爱干净的，

喜欢三岁以前的孩子；

现在看来，鬼魂也是最胆小的，

害怕成年人；

现在看来，鬼魂的思念是最单纯的，

鬼魂不知道他们的思念是一个错误。

鬼魂没有办法，提一个蛋糕或者捧一束花，

来看望她想念的亲人。

鬼魂的爱简单直接，

我想，也该是多么的无助。

给女儿的六一礼物

孩子:

当爸爸冒充为一个诗人的时候,才发现未曾为你写过半首诗,直到今天。

其实,你本身就是一首诗啊!

小朋友把你推倒,你说是你自己不小心摔的,又说他又不是故意的,是诗。

幼儿园的小橘子,攥在小手里带回家给妈妈,是诗。

小球变老头,忽然不见了,耳朵后面出现了,是诗。

鸡蛋说是吃掉了,妈妈发现是垃圾桶替你吃掉了,是诗。

故意蹚过水湾,弄脏鞋子;拿着剪刀,剪掉姥姥衣服的一排扣子,是诗。

与一块毛巾相处了十年,把"Pudding"当成你的孩子,是诗。

2016年9月1日,你背起书包上了学堂,在山东大学附属小学的门口,站成了你学生生涯的第一行诗。

把自己的橡皮拿出来，为了调解两个同学关于一块橡皮的"战争"，是诗。

抱着票箱，静等选票，与抢票的同学形成的风景，是诗。

三年级写3700字的童话，哭泣的哭丢一点，"出事故了，数学终于荣获 C"，是诗。

因为你听到老师上课时不停地咳嗽，就包一片白茶陈皮，捏几粒胖大海，悄悄放在老师的办公室，是诗。

与一位给你打伞的男生，一路上交流英语、语文成绩，你说好绅士，还问我能不能要他的 QQ，是诗。

练琴10分钟，耙耙半小时；一起看王羽佳的拉赫马尼诺夫、野蜂飞舞，你说这不是人干的活，是诗。

和面、擀皮、包水饺，水饺包出了雕塑家的感觉，是诗。

自己的书房没有下脚的位置，然后转战爸爸的书房，同样把字词散了一地，是没有工夫把它们串成诗行的诗。

八百米，本打算突破倒数第一就是胜利，没成想，崴了脚还有冲刺，在铜牌的背后，书写了你小学阶段运动会上的自己的史诗。

早上，爸爸给你说：从今天开始，爸爸把你当作朋友，我已经不再把你当作过去的小孩了，也希望你把爸爸当作你的朋友，爸爸希望听到你独立的见解，包括对爸爸妈妈反对的声音，不同的观点，就如昨天你说的要和老师辩论的四大楷书书法家。

我看到，你的眼睛亮了一下，爸爸已经好久看不到你眼睛里闪现的亮光了。

可能是怒吼的黄河加怒吼的长江淹没了你，也可能是以你的强大回避了怒涛转向了潺潺的小溪，要知道，你闪亮的眼睛是你最美的诗篇的源泉，舞蹈练功流的泪，滑雪转弯流的汗，都是你写给自己的诗。

孩子，爸爸做你的朋友可能不及格，但你把爸爸当作朋友却是爸爸的荣耀，爸爸无法用诗来表达你在爸爸生命里的重要，注定你的生命和成长的诗篇必须由你自己来书写，在爸爸眼里，你就是诗。

孩子——

如果，你想雨，就在心里给自己下场雨；

如果，你想云，就在心里给自己种朵云；

如果，你想花，就在心里开一朵；

如果，你想飞，就练就一双翅膀；

孩子——

如果，你想哭，就痛快得把你的眼泪洒在你想的任何地方；

如果，你想唱，就引吭高歌或低吟轻弹，都被允许。

你是自由的，自由的灵魂不必去讨好任何人；你又是自律的，自律的自由是智慧的光芒。

孩子——

你要爱自己，即使全世界不爱你，你也要爱自己。在爱自己的过程中，丰富爱他人、爱自然、爱世界的自觉。爱，蕴藏着无穷的力量，这是生命的厚度，也是一份责任。

孩子——

爸爸从来没有要求你要考什么名校，做什么精英，健康快乐地成长是爸爸对你的唯一期望。

过程当然有痛苦，痛苦是成长过程中必须的添加剂。如果有人和你分担，当然好，但你要做好自己担当的准备。

今天是你十二岁的节日，属于你的儿童节屈指可数了。以上文字算是爸爸送给你的礼物，因为是朋友了，就随意写了，这一招是跟你学的。

好在，你永远是爸爸的诗篇，你本身是诗。

节日快乐！

如果得到回信，我也就正如我自己幻想的，回到了童年，收到了节日的祝福。

2021 年 4 月 7 日

后 记

朋友说，除了雨，你不会写东西的。

雨和我似乎总有一种特别的关联，她一来，就把我冲开千万条口子，沟沟壑壑、激荡婉转。我怀疑我的前世是雨，是雨生的、雨长的，雨是滋养我的乳汁，从这个角度看，雨就是母亲。所以，每次雨来，我就丰富得要死，或舒坦或哭泣，我以为雨也是眼泪及其他，眼泪的成分多些，尤其是在某些节日，甚至春节，不该下雨的季节，我也要盼着雨的到来。

总之，我疯了，雨是我写得最多的东西，但是，雨有多种形状，可我只能写一种形状，因此，我更加相信，我的前世是雨，我是我父母云雨后，散落在荒原上的渴望归来的一团雾。

第一稿我是以《我的雨歌》为名，友人说直白了些。雨在我的生命里，也在电影里。对于生活，雨是意外也是必须，是破坏也是抒情，是残酷也是温情；对于诗，是意象也是生命，是讴歌也是寄托；对于我，就是一颗湿漉漉的心，允许在爱里沉沦，在冬天萌芽。

这些诗本是自我抒怀的记录，在朋友们的鼓励和鞭策下，得以结集。我要感谢我的太太管紫伊对我不停地督促，没有她的叮教，结集的事可能遥遥无期。还要特别感谢山东教育出版社社长刘东杰，是他不吝抬爱，在山东教育出版社有声读物出版阅读平台"小荷听书"上的持续推介，使我的作品有了更广泛的听众和读者，还要感谢责任编辑张虎、石茹及美术编辑吴江楠，他们的辛苦劳作使得本集焕发了比作品更靓的神态。

2022 年 4 月 27 日

江清
～月近人

责任编辑　张　虎
　　　　　石　茹
责任校对　任军芳
整体设计　吴江楠

ISBN 978-7-5701-2245-5

9 787570 122455 >

定价：49.80元